Der hörnen Sewfriedt, ein son könig Sigmunds im Niderlandt

Hans Sachs

Tragedia, mit 17 personen und hat 7 actus

Die person in die tragedi.

Der heroldt.

König Sigmundt im Niderlandt.

Der hörnen Sewfriedt, sein son.

Dietlieb,

Hortlieb, , 2 fürsten, seine rät.

König Gibich zu Wurmbs am Rein.

Crimhildt, des königs tochter.

Herr Dietrich von Bern.

Hiltebrandt, sein wapenmeister.

König Ewglein, der zwerg.

Kuperon, der groß rieß.

Der fewerspeiendt verkert trach.

Günter,

Gernot,

Hagen, , 3 brüder.

Der schmidt.

Der schmidtknecht.

Anno 1557 jar, am 14 tag Septembris.

Actus 1.

DER ERNHOLDT *tridt ein, neigt sich unnd spricht.*

Heil unnd glück sey den ehrenfesten,

Edlen und außerwelten gesten,

Den erbern herrn und züchting frawen

Und all den, so wöln hörn und schawen

Ein wunder-wirdige histori,

Wol zu behalten in memori,

Von einem könig im Niderlandt,

Der könig Sigmundt war genandt.

Der het ein son, der hieß Sewfriedt,

Welcher all höfflikeit vermiedt,

An sitten, tugendt und verstandt,

Groß, starck und ernstlich mit der handt;

Erschlug ein trachen mit der hendt

In wildem waldt und in verbrendt.

Des trachens horn zerschmaltz darnach,

Floß auß dem fewer wie ein bach;

Darmit schmiert Sewfriedt seine glider,

Und als das horn erkaltet wider,

Von dem sein haudt gar hörnen wardt.

König Gibich het ein tochter zart

Zu Wurmbs am Rein, die hieß Crimhildt,

Die füret hin ein trach gar wildt

Auff ein gebirg unmenschlich hoch.

Der hörnen Sewfriedt dem nach-zoch,

Da im ein zwerglein weisset das,

Wiewol ein rieß darwider was,

Den er bestriet zum vierten mal,

Entlich in rab stürtzt in das thal.

Nach dem erst mit dem trachen kempffet,

Den er mit noht fellet und dempffet;

Die jungfraw er heim-füren thet,

Mit ir ein könglich hochzeyt het.

Nach dem wart von Crimhilt, der zarten,

Geladen in den rosengarten

Gehn Wurmbs an Rein Dietrich von Bern,

Der kam dahin willig und gern

Und kempfft mit dem hörnen Sewfriedt.

Erstlich er forcht und schrecken lied,

Doch durch list seins maisters Hilbrant

Mit kampff den Sewfriedt uberwant,

Den doch Crimhildt vom todt erret,

Dietrich von Bern begütting thet;

Doch ir brüder auß neidt unpsunnen

Erstachendt schlaffendt bey dem brunnen

Iren schwager Sewfriedt darnach,

Den Crimhilt schwur ein schwere rach.

Wie diß als gschach mit werck und wort,

Wert ir ornlich an diesem ort

Hören und sehen in dem spiel.

Darumb seit fein züchtig und stiel,

Ist bietlich unser aller wiel.

Der ernholdt geht ab. König Sigmund auß Niderlant gehet ein mit zweyen rätten, setzt sich trawrig nider und spricht.

Ir liebn getrewen, gebet raht,

Gott mir ein son bescheret hat,

Welcher nach mir regieren sol,

Der sich darzu nit schicket wol,

Ist gar unadelicher art,

Helt zucht und tugendt widerbart,

Ist frech, verwegen und mutwillig,

Starck, rüdisch und handelt unbillig;

Gar keyn höffligkeyt wil er lern;

Es steht all sein gmüt und begern

Allein zu grobn, bewrischen dingen,

Zu schlahen, lauffen und zu ringen

Und von eim lande zu dem andern

Eben gleich eim landtfarer wandern;

Auff solch grob sach legt er sein sin.

DIETLIEB, DER ERST RAHT *spricht.*

So last ein zeyt in ziehen hin,

Die landt hin und wider beschawen,

Das ellendt versuchen und bawen,

Dieweil er noch ist jung an jaren,

Ungenietet und unerfaren.

Last in in der frembd etwas nieten,

Die frembt lert gut tugendt und siten

Und helt die jugendt in dem zaum,

Lest in nit all zu weiten raum

Und thut auch offt die jugendt ziehen,

Das sie unart und laster fliehen

Baß, denn wenn sie daheimen wern.

HORTLIEB, DER ANDER RAHT *spricht.*

Ja, weil Sewfriedt das thut begern,

Ewr könglich mayestadt sun,

Solt ir in dem im volge thun,

In etwan schicken in Franckreich

Oder in Hispania der gleich,

Da er auch sicht anders hoffhalten,

Wie man ist der höffligkeit walten

Mit rennen, stechen und thurnieren,

Mit jagen, hetzen und hoffieren

Von den rittern und edlen allen;

Das wirt im denn auch wolgefallen.

Dardurch von grobheyt er erwacht,

Wirt denn auch artig und geschlacht,

Als denn gebüert eins königs sun.

KÖNIG SIGMUNDT *spricht.*

Nun, ewrem raht wil ich volg thun,

Wil in nauff schickn gehn Wurmbs an Rein,

An könig Gibichs hoff gemein,

Daselb hab wir in an der handt

Bey unserm hoff im Niderlandt!

Da wöllen wir in schicken zu.

Ernholdt, Sewfriedt, mein son, bring du!

Der heroldt neigt sich, geht ab, bringt Sewfriedt, des königs son.

DER KÖNIG *spricht.*

Sewfriedt, mein aller-liebster sun,

Wir wöllen dich ietz schicken thun

Hienauff gehn Wurmbs an den Rein,

Zu könig Gibich, da dich allein

Belaiten soln auff hundert man,

Alle vom adel wol gethan.

Darzu gib ich dir kleynat und gelt,

Das du zu hoff dort obgemelt

Magst adelich und höfflich leben,

Andern könig-sön gleich und eben.

Zu der reiß schick dich, lieber sun.

SEWFRIEDT, DES KÖNIGS SON *spricht.*

Herr vatter, das wil ich baldt thun;

Darzu darff ich kein gut noch gelt,

Wie du ietzunder hast gemelt.

Ich bin starck und darzu jung,

Wil mit der handt mir gwinnen gnung.

So darff ich auch nach deim beschaid

Kein hoffgesind, das mich beleidt.

Möcht wol sehen drey freydig man,

Die mich nur dörfften greiffen an.

Alde, ich zeuch allein dahin,

Wo mich hin tregt mein thummer sin.

DER KÖNIG SIGMUNDT *spricht.*

Das glaidt wöl wir dir geben nauß

Für das königliche hoffhauß.

Sie gehen alle ab. Der schmiedt unnd sein knecht gehen ein.

DER SCHMIDT *spricht.*

Wir sindt heudt zu spot auffgestanden.

Was wöl wir nemen unterbanden?

Wöllen wir heudt von erst den wagen

Die reder mit schineysen bschlagen,

Oder wöl wir huffeissen schmiden

Dem mülner für sein esel niden,

Oder was wöl wir erstlich machen?

DER SCHMIDTKNECHT *spricht.*

Maister, so raht ich zu den sachen,

Wir wöllen erstlich eyssen schroten;

Unser pfleger hat rauß entbotten,

Wir müsen seine roß beschlagen

Auff heudt, so baldt es nur sey tagen.

DER SCHMIDT *spricht.*

Nun so blaß auf, und haldt baldt ein!

Schaw, wer klopfft, wil zu uns herein?

DER SCHMIDTKNECHT *spricht.*

Ich wil lauffen und im auff-than.

Mayster, es ist ein junger man.

SEWFRIEDT *geht ein und spricht.*

Glück zu, meyster! versteh mich recht,

Darfst du nicht hie noch ein schmidknecht?

Sag an, wilt du mir arbeit geben?

DER SCHMIDT *spricht.*

Ja, du kumbst mir recht und eben,

Wenn du wolst waidtlich schlagen drein

Und nicht fürlessig, noch faul sein,

Ich wil ein tag versuchen dich.

SEWFRIEDT *spricht.*

Gib her ein hamer, versuch mich;

Bin ich faul, so thu mich außjagen.

DER SCHMIDT *gibt im ein hamer und spricht.*

Nimb den hamer, thu mir auffschlagen,

So wöllen wir die eissen zainen.

SEWFRIEDT, DES KÖNIGS SON *spricht.*

Ey, was gibst mir so einen kleinen

Hamer? ein grösern wil ich füren.

Der schmidt gibt im ein grösern hamer.

SEWFRIEDT *spricht.*

Ja, der thut meiner sterck gebüren.

Sewfriedt thut einen grawsamen schlag auff den anpoß.

DER SCHMIEDT *spricht.*

Ey, das auffschlagen taug gar nicht.

SEWFRIEDT *spricht.*

Ey, hab ir mich vor unterricht,

Sol nit faul sein, waidtlich drauff schlagen!

Das hab ich thon, was thust denn klagen?

DER KNECHT *spricht.*

Mich dünckt, du seist nit wol bey sinnen.

SEWFRIEDT *spricht.*

Halt, halt, das solt du werden innen.

DER MAYSTER *spricht.*

Wie wöll wir dieses knechts abkummen?

Er hat uns schier das leben gnummen,

Er ist warlich des teuffels knecht.

DER SCHMIEDTKNECHT *spricht.*

Mayster, ich wil euch raten recht,

Schickt den knecht in den waldt hienauß,

Sprecht, darinn halt ein koler hauß;

Gebt im ein korb und last in holn

Ein korbvol guter aichen koln.

Baldt er denn hienein kumbt in walt,

So wird in denn erschmecken baldt

Der trach, der in der hölen leidt,

Wirt in angreiffen zu der zeit

Und in mit seinem schwantz verstricken,

Würgen und in sein rachen schlicken;

So kumb wir sein mit ehren ab.

DER SCHMIEDT *spricht.*

Gleich das ich auch besunnen hab.

DER SCHMIEDT *schreidt.*

Sewfriedt, kumb rein, mein lieber knecht.

SEWFRIEDT *tridt ein unnd spricht.*

Was wilt du mein? das sag mir schlecht.

DER SCHMIEDT *gibt im den korb unnd spricht.*

Nimb diesen korb und thu uns holen

Dort im waldt bey dem köler kolen,

Der wonet dort in dem gestrauß,

Unter dem birg in seim gehauß.

Kumb auff das baldest wider schier,

Auff das denn suppen essen wir.

DER SEWFRIEDT *spricht.*

Jha, wenn ich het adlers gefieder,

So wolt ich gar schnel kummen wider.

Sewfriedt nimbt den korb, geht ab.

DER SCHMIEDT *spricht.*

Ob gott wil, wirst nicht wider kummen!

Es wirt dein leben dir genummen

In dem waldt von dem giffting trachen.

DER SCHMIDTKNECHT *spricht.*

Maister, wir wöln uns außhin machen

Und gar von ferren sehen zu,

Wie in der trach verschlicken thu,

Das wir denn vor im haben rhu.

Sie gehen baide ab.

Actus 2.

SEWFRIEDT *kumbt mit dem korb, geht hin und wider unnd spricht.*

Ich suech im waldt hin unde her,

Doch sih und findt ich kein koler.

Ich sich in dem gestreuß dort wol

Ein finster, tieff, staineres hol;

Vileicht der koler wont darin,

Zu dem ich hergeschicket bin.

Sewfriedt geht zu dem höl, schaut hienein; der trach scheust herauß auff in, er schützt sich mit dem korb, darnach mit dem schwerdt, schlagen einander. Der trach gibt die flucht, lauffen baidt ab. Seufridt macht daussen ein rauch, samb verbren er den trachen, geht darnach wider ein unnd spricht.

Sol ich nit von grossem glück sagen?

Ich hab den grossen wurm erschlagen,

Nach dem mit esten in verbrendt;

Da ist zerschmoltzen an dem endt

Sein horn und zusamb gerunnen,

Gleich wie ein bechlein auß eim brunnen.

Das wundert mich im hertzen mein

Und duncket einen finger drein,

Und als der ist erkaltet worn,

Da wart mein finger lauter horn;

Des frewt ich mich und zug zu handt

Von meinem leib all mein gewandt

Und also mutternacket mich

Mit diesem warmen horn bestrich.

Des bin ich gleich hinden und vorn

An meiner haudt gantz hörnen worn,

Darauff kein schwert nit hafften kan.

Des gleicht mir ietzt auff erdt kein man,

Des mag ich fürbaß weiter nit

Mein leben füren bey dem schmidt;

Wil mich abthon meiner grobn weiß,

Hoffzucht leren mit allem fleiß.

Ich wil den nechsten auff Wurmbs fragen

Ans königs hoff; wann ich hör sagen,

Er hab ein tochter schön und zart,

Crimhildt, gantz holdtseliger art;

Ob ich die selb erwerben kundt,

Das erfrewt mir meins hertzen grundt.

Sewfriedt, des königs son, geht ab.

KÖNIG GIBICH *geht ein mit seinem heroldt, setzt sich nider unnd spricht.*

Heroldt, geh ins frawenzimmer nein

Und sag der liebsten tochter mein,

Crimhilden, das sie kumb hieher,

Zu sehen itzt ich sie beger.

Der ernholdt geht ab.

SEWFRIEDT *kumbt und neigt sich, und spricht.*

Großmechtiger köng, ewrn könglich hof

Hört breissen ich, so weit ich loff

In den landen weit hin und her;

Derhalb von hertzen ich beger

Bey ewr könglich mayestadt hoffdienst.

KÖNIG GIBICH *spricht.*

Denselbigen du bey mir finst.

Was hoffweiß bist du unterricht?

DER HÖRNEN SEWFRIEDT *spricht.*

Herr könig, ich kan anderst nicht,

Denn in dem krieg reisen und reiten,

Mit würmen und mit leuten streiten,

Da muß alle gfar sein gewagt,

Kün, verwegen und unverzagt.

KÖNIG GIBICH *spricht.*

Sag, bist du auch von edlem stam?

DER HÖRNEN SEWFRIEDT *spricht.*

Der hörnen Sewfriedt ist mein nam,

Wiewol ich auch am stamb und adel

Hab weder mangel oder zadel,

Alhie aber noch unbekandt.

KÖNIG GIBICH *spricht.*

Nun so gib mir darauff dein handt,

Das du mir dienen wilt mit trewen.

Dein dienst sollen dich nit gerewen.

DER HÖRNEN SEWFRIEDT *beudt im sein handt unnd spricht.*

Mein dienst, so vil ich kan und mag,

In höchster trew ich euch zusag.

Der heroldt bringt Crimhilden, des königs tochter, die spricht.

Hertzliebster herr und vatter mein,

Warumb berüffstu mich herein?

Was ist dein wil und dein beger?

KÖNIG GIBICH, *ihr vatter, spricht.*

Mein tochter, setz dich zu mir her,

Ich hab zu frewdt und wolust dir

Angeschlagen einen thurnier

Mit allem adel an dem Rein,

Da wolt ich selbert auch bey sein,

Unden auff unser grün hoffwiesen,

Daran der Rein hart thut hinfliessen.

Du aber bleib in dem schloß hinnen

Und schaw zu öberst an der zinnen,

Wie der adel thurnieren thw.

Und du, Sewfriedt, rüst dich auch zw,

Thu mit anderm adel thurnieren

In allen ritterlichen ziren,

Meiner lieben tochter zu ehrn,

Ir frewdt und fröligkeit zu mern.

DER HÖRNEN SEWFRIEDT *spricht.*

Herr könig, das wil ich willig thon,

Doch ich keinen thurnier-zeug hon.

Schafft mir roß, hämisch, schilt und glennen

Zum thurnieren, stechen und rennen.

KÖNIG GIBICH *spricht.*

Kumb, mein Sewfrid, auff dein beger

Schaff ich dir roß, harnisch und sper.

CRIMHILDT *des königs tochter, spricht.*

Das ist ein junger, küner heldt,

Der meinen augen wol gefelt.

Gott geb im glück in den thurnier,

Das er in seiner ritter-zier

Thu ehr einlegen für ander all,

Das im der höchst danck heimgefall.

Da will ich stehn in stiller rw,

Dem thurnier allein schawen zw.

In dem fleugt der trach daher.

CRIMHILDT *sicht ihn unnd spricht.*

Herr gott, wie ein grawsamer wurm

Fleucht daher mit erschröckling furm,

So groß, schröcklich und ungehewr!

Auß seinem rachen speit er fewr,

Er lest sich herab auß dem lufft

Und schwingt sich zu der erden glufft,

Zu des schloß zinnen, eilt auff mich

Hilff mir, herr gott, das bit ich dich!

CRIMHILDT *schreit.*

Vatter und mutter, gsegn euch gott!

Ich fahr hin zu dem bittern todt,

Lebendt secht ir mich nimmermehr.

Gott gsegn dich, frewdt, reichthumb und ehr,

Ewr aller ich beraubet bin;

Ich fahr und weiß doch nit wohin.

DER KÖNIG GIBICH *kumbt mit dem hörnen Sewfriedt unnd heroldt geloffen, schlecht sein handt ob dem kopff zusam unnd spricht.*

Ach weh mir, immer ach und weh!

Nun wirt ich frölich nimmermeh,

Weil ich mein tochter hab verlorn;

Auff erdt ist mir nichts liebers worn.

Itzt ists mir hingfürt durch den trachen,

Der sie wirt schlinden in sein rachen.

Als ichs im lufft hinfüren sach,

Ir kleglich stimb mein hertz durch-brach,

Iedoch ich ir nit helffen kundt,

Biß der trach gar mit ir verschwundt.

Nun sie ichs lebendt nimmer mehr.

DER HEROLDT *spricht.*

Durchleuchtiger könig, bey meiner ehr,

Ich glaub, ir geschech nichts am leben;

Der trach der fürt sie wol so eben

Sitlich, gantz höfflich und gemach;

Flog durch den lufft der grawsam trach

Hinauffwertz gegen Oriendt,

Ainr grossen wüsten er zu-lendt.

So glaub ich warhafft wol, darinnen

Wert man sie frisch und gesundt finnen

Sambt dem trachen, wer des dörfft wagen.

DER KÖNIG, IHR VATTER *spricht.*

Mein ernholdt, thu baldt ansagen

Zu hoff, welcher sich unterwindt,

Zu suchen das königlich kindt,

Und wer sie von diesem trachen

Lebendt und gsundt kan ledig machen,

Des sol die liebste tochter mein

Darnach ehlicher gmahel sein.

DER HÖRNEN SEWFRIEDT *spricht.*

Herr könig, last nit weiter fragen,

Mein leib und leben wil ich wagen

Und selb gegen Oriendt reiten

In die wüsteney und da streiten

Mit dem trachen, dem giffting, bösen

Und die jungfraw von im erlösen,

Erretten sie von dem verderben,

Oder selb willig darob sterben.

Ich weiß die gelegenheit wol,

Da ich den trachen suchen sol,

Wann er in seinem flug zu-zoch

In der wüst eim gebirge hoch;

Dem selben wil ich eillen zw

Ohn alle rast, fried oder rw.

Ich hoff, gott werd mir halten rück.

KÖNIG GIBICH *spricht.*

Gott geb dir darzu hail und glück,

Das du den trachen legest nider,

Und du mit frewden kummest wider

Mit meiner tochter frumb und bider.

Sie gehen alle ab.

Actus 3.

Gott, dir sey es im himel klagt,

Das ich, ein künigliche magdt,

Sol nun all mein junge tagen

Mein junges lebn mit wain und klagen

Alhie auff dem gebirg verzern,

An alle wolust, frewd und ern

Mit dem vergifften trachen schnöd,

In dieser trawrigen einnöd,

Da ich sie weder viech noch leut!

Ach weh mir immer und auch heudt!

Westen mich denn die brüder mein,

Ein ieder wagt das leben sein

Und macht mich ledig von dem trachen;

Ich red von unmöglichen sachen.

Das ich nit bin mit todt verschieden!

So leg ich in meim grab mit frieden.

Muß so in forcht und sorgen sein

All augenblick des lebens mein.

DER TRACH *spricht.*

Edle jungfraw, gehabt euch wol,

Kein leidt euch widerfaren sol,

Denn das ir müst gefangen sein

Ein kurtze zeit auff diesem stein.

Doch wil ich euch vor allen dingen

Gnug zu essen und trincken bringen.

Biß das verloffen sindt fünff jar

Und ein tag. Als denn ich fürwar

Wirt wider zu eim jüngeling

Verwandelt werden gar jehling,

Wie ich auch vorhin war mit nam

Geborn von königlichem stam

In Griechen-landt, und bin durch zorn

Von einr bulschafft verzaubert worn,

Verflucht mit teuffelischen gspenst

Zumb trachen, wie du mich itzt kenst.

Drumb, mein Crimhildt, laß dein unmut,

Biß diese zeit verlauffen thut,

Als denn wil ich dichs als ergetzen,

In gwalt und könglich herrschafft setzen.

CRIMHILDT, DES KÖNIGS TOCHTER *spricht.*

Ach, so bit ich durch gott allein,

Für mich heim zu dem vatter mein,

Biß dein bestimbte zeit verlauff.

Als denn wil ich wider herauff

Zu dir, das schwer ich dir ein aidt.

DER TRACH *antwort.*

Nain, nain, von dir ich mich nit schaidt;

Du solt kein mensch auff erden sehen,

Biß das sich die fünff jar hernehen;

So wirt ich sein der erste man,

Den du auff erdt wirst schawen an.

Darumb schleuff in die höl hienein;

Wann du must mein gefangner sein.

Der trach fürt sie ab.

DER HÖRNEN SEWFRIEDT *kumbt gewapnet unnd redt mit ihm selb, und spricht.*

Nun bin ich ie vier nacht und tag

Gangen, das ich nie ruens pflag,

Hab auch nit gessen noch getruncken;

In meinem sinn laß ich mich duncken,

Wie sich der trach darein war schwingen

Auff das gebirg durch diese klingen

Mit des königes tochter zart.

Gott wöl mir bey-stahn auff der fart!

Das birg ist gar unmenschlich hoch,

Und sich hienauff kein wege doch.

Dort kummet her ein kleiner zwerg,

Der muß mich weissen auff den berg,

Er treget auff ein reiche kron

Und hat köstliche kleidung on

Mit goldt, thut viel der kleinat tragen.

Ich wil zu im, den weg in fragen.

EWGELEIN *der zwerg, kumbt unnd spricht.*

Sey gottwilkumb, hörner Sewfriedt,

Der all sein tag viel unrahts liedt.

DER HÖRNEN SEWFRIEDT *spricht.*

Sag, weil du mich bey namen nenst,

Von wannen her du mich erkenst?

EWGELEIN *der zwerg, spricht.*

Sewfriedt, du bist mir wol bekandt,

Ains königs son auß Niderlandt;

Dein vatter heist könig Sigmundt,

Deinr mutter nam ist mir auch kundt,

Siglinga heist dein mutter schan.

Du, mein Sewfriedt, sag mir doch an,

Was suchst du hie in dieser wildt,

Darinn ich vor nie menschenbildt

In dreyssig jaren hab gesehen?

Ich raht, thu dem gebirg nit nehen,

Wilt du nit leiden ungemach;

Wann darauff wont ein grosser trach;

Du bist des todts, baldt er dich spürt.

Er hat ein jungfraw hingefürt,

Ains königs tochter an dem Rein,

Die wont hoch oben auff dem stein.

Der hüt er tag und nacht so sehr,

Die wirt erlöset nimmermehr,

Von hertzen so erbarmbt mich die.

DER HÖRNEN SEWFRIEDT *spricht.*

Von irent wegen bin ich hie;

Die jungfraw ich erlösen wil.

DER ZWERG *spricht.*

Du werder heldt, der wort schweig stil!

Fleuch, du bist sunst des todtes eigen.

DER HÖRNEN SEWFRIEDT *spricht.*

Ich bit, du mir den weg anzeigen,

Der auff den trachenstein thut gan,

Ob ich der jungfraw hölff darvan.

DER ZWERG *spricht.*

O küner heldt, das ist umbsunst

Dein küner muht und fechtens kunst;

Der jungfraw auff dem trachen-stain

Kan niemandt helffn, den gott allein.

Darumb waich baldt, raht ich in trewen,

Es müst dein junger leib mich rewen,

Dein kempffen wehr ein kinderspiel.

SEWFRIEDT *ergreifft den zwerg beim bart, greifft ins schwert unnd spricht.*

Zaig mir den weg, oder ich wil

Dir abhawen das haubet dein,

Das sol dir zugesaget sein.

DER ZWERG *spricht.*

Mein herr Sewfriedt, stil deinen zorn,

Du küner helde ausserkorn,

Ich wil dich weissen auff das spor,

Doch must den schlüssel holen for

Bey eim risen, haist Kuperon,

Ein grosser, ungefüger mon.

Mit dem aber must du auch kempffen,

Sein krafft und macht im vorhin dempffen,

Eh er den schlüssel gibet dir.

In trewen raht ich, volg du mir,

Ker umb und rett dein junges leben.

DER HÖRNEN SEWFRIEDT *spricht.*

Den schlüssel muß er mir wol geben,

Er sey so unfüg, als er wöll,

Mit straichen ich in nöten söll,

Das er sich mir auff gnad muß geben.

DER ZWERG *spricht.*

Ob du gesigst dem risen oben,

Must du erst kempffen mit dem trachen,

Der verschlindt dich in seinen rachen.

Ich sah nie kein erschröcklichern wurm,

Geflügelt mit grawsamen furm,

Sein zeen, die sindt eyseren gantz,

Mit einem gifftig, langen schwantz;

Auch thut er hellisch fewer speyen,

Vor im so magstu dich nit freyen,

Du müssest vor im ligen todt.

DER HÖRNEN SEWFRIEDT *spricht.*

Zu hilff so wil ich nemen gott,

Zu überwinden diesen trachen,

Die schön jungfraw ledig zu machen;

Wann ich hab vor bey jungen tagen

Auch einen trachen todt geschlagen,

Hab auch zwen lebendig gefangen

Bein schwentzen ubert mawer ghangen.

Derhalb weiß mich nur zu dem risen,

Da wil mein leben ich verliesen

Oder erlangen sieg und heil.

Wirt die zart jungfraw mir zu theil,

So sol sie mein gemahel sein,

Dieweil ich hab das leben mein.

DER ZWERG *spricht.*

Sewfriedt, du helt und junger man,

Das selbig wil ich geren than,

Doch wöllest mir verargen nit,

Das ich dir sollichs widerriet;

Wann ich thet es in gantzen trewen.

DER HÖRNEN SEWFRIEDT *spricht.*

Ich hoff, es sol mich nit gerewen,

Für mich nur zu des riesen hol,

Ich wil in darzu bringen wol

Das er mir thür auffschliessen sol.

Sie gehen alle baidt ab.

Actus 4.

DER RIESS KUPERON *tregt ein grossen schlüssel, sicht ubersich gehn himel unnd spricht.*

Es ist ein grosser nebel heudt,

Was er halt wunderlichs bedeut?

Der trach ist gewest ungestümb,

Er schewst umb das gebirg herümb

Und thut alle winckel beschawen

Zu huet und wach seiner jungfrawen,

Darzu ich doch den schlüssel hab,

Den mir sol niemandt nöten ab.

Der trach der hat mich diese nacht

Unrwig und munter gemacht;

Wil mich gehn wider legen schlaffen,

Dieweil ich sunst nichs hab zu schaffen.

Der rieß geht ab. Der zwerg unnd Sewfriedt kummen. Sewfriedt klopfft mit seiner streitaxt an. Der zwerg weicht, der rieß spricht.

Wer klopfft an meiner hölen an?

Harr, harr, ich wil baldt zu dir gan.

DER RIESS *springt herauß mit seiner stehelen stangen unnd spricht.*

Hör zu, du junger, thu mir sagen,

Wer hat dich in die wildtnuß tragen?

Warumb klopffst an meinem gemach?

Ich mein, da gehest straichen nach,

Die sollen dir wern bald von mir.

DER HÖRNEN SEWFRIEDT *spricht.*

Schlagens beger ich nit von dir,

Sünder wölst mir den schlüssel geben,

Das ich von dem hartselich leben

Die zarten jungfraw mag erlösen,

Von dem trachen, dem uberbösen,

Der sie wider recht helt gefangen

Nun etwas boy vier jarn vergangen,

Da ers köng Gibich hat genummen.

Schaw, rieß, darumb bin ich herkummen,

Die jungfraw wider heim zu bringen.

KUPERON, DER RIESS *spricht.*

Du junger hach, schweig von den dingen!

Wilst da dich solichs unterstehn,

Deinr hundert müssen zu boden gehn,

Eh du kumbst auff den trachenstein.

Zeuch ab, mit trewen ich dich mein,

Mich erbarmet dein junges blut,

Das seim unglück nach-suchen thut.

Fleuch, oder ich weiß dir die straß.

DER HÖRNEN SEWFRIEDT *spricht.*

Hör, rieß, von dir ich nit ablaß,

Biß du her-gibst den schlüssel mir.

DER RIESS KUPERON *spricht.*

Beit, beit, ich wil in geben dir,

Den schlüssel, daß däs rote blut

Dir uber dein haubt ablaufen thut.

Der rieß schlecht mit der stangen nach Sewfriedt, springt im auß dem streich, zeucht sein schwerdt, kempffen mit einander. Dem riessen entpfelt die stangen, er buckt sich, im wirt ein streich.

DER RIESS *laufft Sewfridt wider an und spricht.*

Du junger heldt, da mustw sterben,

Von meiner handt elendt verderben.

DER HÖRNEN SEWFRIEDT *spricht.*

Ich hoff, gott werdt mir bey-gestehn,

Das du selb must zu drümmern gehn.

Sewfriedt trifft den rissen wider, der lest die stangen fallen, laufft darvon.

DER HÖRNEN SEWFRIEDT *spricht.*

Nun kumb herauß und wer dich mein,

Oder bring mir den schlüssel dein,

Das ich kumb zu der jungfraw schon

So wil ich dir kein leidt mehr thon.

DER RIESS *kumbt wider mit eim schwert, helmblin und schildt, spricht.*

Harr, ich wil dir den schlüssel geben!

Du must enden dein junges leben,

Ich wil dich selb lebendig fahen

Und dich an einen bawmen hahen,

Dir zu ewigem hon und spott.

DER HÖRNEN SEWFRIEDT *spricht.*

Vor dir wöl mich behüten gott!

Mit des hilff hoff ich mich mit ehrn

Mich dein, des teuffels knecht, zu wern,

Der du beschlossen hast die magdt.

Derhalb so sey dir widersagt.

Sie schlagen einander, biß der rieß niderfelt unnd schreyt.

O helt, verschon dem leben mein,

So wil ich dein gefangner sein,

Wil geben dir mein schilt und schwert,

Die sindt wol eines landes wert,

Ich wil sein dein leib-eigner man.

DER HÖRNEN SEWFRIEDT *spricht.*

Ja, rieß, das wil ich geren than,

Doch schleuß mir auff die pfort am stein,

Das ich die jungfraw zart und rein

Dem giffting trachen ungefüg

Mit dem kampff abgewinnen müg.

DER RIESS KUPERON *spricht.*

Das wil ich thun, verbindt mir eh,

Dein wunden thun mir also weh;

Darnach so wil ich mit dir gohn.

Und was einr dem andern hat thon,

Das sol nun als verzigen sein.

Der hörnen Sewfriedt verbindt ihm die wunden mit eim facilet unnd spricht darnach.

Ja, das ist auch der wille mein.

Sie bieten die hendt einander, der rieß zeigt ihm ein orht unnd spricht.

Schaw, sichst du diese stauden dorten?

Da selb ist des gebirges pforten,

Darein geht ein stiegen warlich,

Wol acht klaffter dieff untersich.

Erst kumb wir zu der pforten groß,

Darvor ein starck eyseren schloß,

Das wil ich denn auffsperren dir.

Ich volg dir, geh du hin vor mir.

DER HÖRNEN SEWFRIEDT *spricht.*

Erst thu ich mich von hertzen frewen,

Mich sol kein müe noch arbeit rewen,

Das ich nur die zarten jungfrawen

Mit meinen augen sol anschawen.

Sewfriedt geht vor an, der rieß nach, zuckt sein schwerdt, schlecht den hörnen Sewfriedt
nider. Das Zwerglein würfft sein nebel-kappen auff Sewfrid.

DER RIESS *wil in erstechen, kan in aber nit sehen, sticht umb, spricht.*

Wie ist mir dieser heldt verschwunden?

Ich thet in uber-hardt verwunden,

Das er mir für die füß thet fallen.

Das ist mir ein wunder ob allen,

Das ich in nirgendt sehen kan,

Ich wolt in geren gar abthan.

Der rieß sucht in hin und wider, der zwerg richt Sewfrieden auff, der würfft die nebel-kappen von ihm, laufft den rissen an, kempffen, biß der rieß nider-geschlagen wirdt.

SEWFRIEDT *spricht.*

Du trewloser man, nun must sterben,

Kein mensch sol dir gnad erwerben.

KUPERON, DER RIESS *reckt baidt hendt auff, bit unnd spricht.*

Schon meinem lebn, du küner degen,

Würgst mich, so must du dich verwegen

Der schönen jungfrawen, glaub mir;

Ohn mich so kan kein mensch zu ir.

SEWFRIEDT *spricht.*

Der jungfraw lieb, die zwinget mich,

Das ich muß lassen leben dich.

Baldt geh voran und sper uns auff

Den trachenstain, das wir hienauff

Kummen zu der jungfrawen zart,

So darauff ligt gefangen hart.

DER RIESS KUPERON *steht auff, niembt die schlüssel unnd spricht.*

Du tugenthaffter junger man,

Das wil ich willig geren than,
Ich merck, du biß von edlem stammen.

Nun wöllen wir gehn baidesamen

Und auff-schliessen den trachenstein,

Das thu, ich und das zwerglein klein

Zu der jungfrawen gehen doch

Etwas auff dausent staffel hoch

In dem holen fels hin und wider,

Biß wir die erentreichen bider

Erraichen auff des birges spitz,

Da sie in grosem unmuht sitz

Und wartet des grawsamen trachen,

Der sich bald zum gebirg wirt machen,

Der jungfrawen zu-fürt mit fleiß

In seinen klopern tranck und speiß.

DER HÖRNEN SEWFRIEDT *spricht.*

Nun geh voran mit wenig worten

Und entschleuß uns des birges pforten,

Das wir baldt kummen zu der zarten,

Die ist auff ir erlössung warten,

Das sie kumb zu irn eltern schier.

Des wil ich sein behilfflich ir;

Darzu wöl gott auch helffen mir.

Sie gehen alle drey ab.

Actus 5.

DIE JUNGFRAW CRIMHILT *geht ein, setzt sich trawrig und spricht.*

Ey, wil sich gott den nit erbarmen

Uber mich gar ellenden armen?

Maß hie in dieser wildtnuß bleiben,

Mein junge tag in laid vertreiben

Bey dem grewlich, grawsamen trachen,

Der mein hüet tag und nacht mit wachen,

Vor dem ich abendt und den morgen

Auch meines lebens muß besorgen.

Wen hör ich herauff gehn allein

In des gebirges wendel-stein

Darain doch kam kein mensch fürwar

Von ietzt an biß ins vierdte jar?

Der rieß Kuperon geht ein mit dem hörnen Sewfriedt und dem zwerg.

DIE JUNGFRAW *gesegnet sich und spricht.*

Ach, Sewfriedt, wer bringt euch hieher?

Ewer leben steht in gefehr

Vor dem grewlichen, grossen trachen.

Der wirt sich gar bald zuher machen,

Die sunn steht auff dem mittag grat;

Darumb flicht baldt, das ist mein raht.

Solt euch widerfaren ein leit,

Das rewet mich meins lebens zeit;

Drumb flicht, sagt vatter und mutter mein,

Ich mües ewig gefangen sein,

Das man sich mein verwegen sol.

DER HÖRNEN SEWFRIEDT *spricht.*

Künckliche magdt, gehabt euch wol,

Ich wil euch von dem grossen trachen

Mit gottes hilff frey ledig machen,

Oder wil darob willig sterben.

KUPERON, DER RIESS *zeigt im ein schwerdt an der erden unnd spricht.*

Wenn du wilt hie den preiß erwerben,

So must da nemen jenes schwerdt;

Wann kein waffen auff gantzer erdt

Mag diesen trachen machen wundt,

Denn ienes schwert, thu ich dir kundt.

*Der hörnen Sewfriedt buckt sich, das schwerdt auff zu heben. Kuperon, der rieß, schlecht
wider auff ihn.*

SEWFRIEDT *ergreifft das schwerdt unnd spricht.*

Ach du meinaidig, trewloß man,

Kanst du deiner untrew nit lahn?

Nun must du sterben, es ist zeit,

Dreymal hast da brochen dein eidt.

Die jungfraw waindt, windt ir hendt. Sie schlagen einander, biß der rieß felt.

SEWFRIEDT *würfft in uber-ab bey einem bein unnd spricht.*

Nun fall uber des birges joch

Auff etlich hundert klaffter hoch

Und zerfal dich in dausendt stück

Und hab dir alles ungelück!

Er kert sich zu der jungfrawen unnd spricht.

Ach jungfraw, nun seidt wolgemut,

Ich hoff, es werdt nun alles gut.

Verwegen meinen leib ich wag,

Ungessen biß an vierdten tag.

Der zwerg geht ab.

DIE JUNGFRAW *spricht.*

Ach, ewer zukunfft ich mich frew.

Ich danck euch aller lieb und trew,

Das ir umb mein willen kumbt her

Und gebt euch in todtes gefehr.

Nun, hilfft mir gott durch euch darvon

Haim zu landt, so wil ich euch hon

Für meinen ehlichen gemahel,

Mein trew euch halten vest wie stahel.

DER ZWERG KUMBT *bringt ein gülden schalen vol confect und spricht.*

O strenger helt, ich kan ermessen,

Weil ir so lang nichts habet gessen,

Wirt euch nun gehn an krefften ab.

Derhalb ich euch hieher bracht hab

Krefftig confect, mit thut euch laben.

Ir werdt nit lang zu ruen haben,

Wert kempffen müssen mit dem trachen,

Der sich baldt wirt dem birg zu machen.

Der hörnen Sewfriedt isset ein wenig.

DIE JUNGFRAW *fecht an und schreit.*

O, ich hör den trachen weit draussen

Hoch in den lüfften einher saussen

Sehr ungestümb und ungehewer,

Und speidt auß seinem rachen fewer.

Darumb fliecht, werder helde, sehr,

Oder stellet euch zu der wehr.

DER ZWERG *nimbt die schalen und spricht.*

O, kumbt der trach, so bleib ich nicht!

Der angst-schweiß mir ob im außbricht,

Ich bin im vil zu schwach und Mein,

Wil bhalten mich in holen stein.

DIE JUNGFRAW *spricht.*

Mein heldt Sewfriedt, nun fliehet auch

Vor des trachen fewer und rauch

Und verstecket euch auch mit mir,

Biß sich der gifftig rauch verlier.

Da fliehens alle drey. Der trach kumbt, speidt fewer, laufft hin und her. Wenn er
verscheust, laufft ihn

Sewfriedt an, der trach reist im den schilt vom halß, stöst ihn umb, laufft uberhin. Sewfriedt
fert wider auff, schlecht auff den trachen, biß der felt, den würfft er auch hinab. Sewfriedt
felt vor amacht umb.

DIE JUNGFRAW *kumbt, legt im sein kopff auff ir schoß, spricht kleglich.*

Nun muß es gott geklaget sein,

Ist abgeschieden die sele dein

Vor müde und grosser amacht!

Mein lieb dich in den unfal bracht.

DAS ZWERGLEIN *kumbt unnd schawet zu Sewfrieden und spricht.*

Ach jungfraw, der heldt ist nit todt,

Er ligt in amacht grosser noht.

Gebt im nur dieser wurtzel ein,

So kumbt er zu im selber fein.

Die jungfraw gibt ihm die wurtzel ein.

DER HÖRNEN SEWFRIEDT *sizt auff und spricht.*

Wo bin ich, und wie ist mir gschehen?

Ich kan schier weder hörn noch sehen.

DIE JUNGFRAW *halst und küsset in und spricht.*

Mein Sewfriedt, seyt keck und getröst,

Ich bin durch ewer handt erlöst,

Des habet danck und ewig preiß.

DER ZWERG *spricht.*

Auch habt ir erlöst gleicher weiß

Mich und mein hoffgsindt in dem berg.

Ich bin ein könig uber dausendt zwerg;

Uns bezwang der rieß Kuperon,

Das wir im mustn sein unterthon.

Nun sindt wir auch ledig und frey,

Got und euch preiß und ehre sey!

DER HÖRNEN SEWFRIEDT *steht auff und spricht.*

Wolauff, so wöllen wir auff sein,

Eillen gehn Wurmbs an den Rein,

Zu ewrem herr vatter Gibich,

Der wirt sich frewen hertziglich.

DER ZWERG EWGELEIN *spricht.*

Sewfriedt, ich wil das gleidt euch geben

Und euch die strassen weissen eben

Auß dieser grossen wüsteney,

Dieweil sie gar unwegsam sey,

Wil darnach fürfarn in weng tagen,

König Gibich ewr zukunfft sagen.

DER HÖRNEN SEWFRIEDT *spricht.*

Nun walt sein gott, so wöl wir frey

Mit frewdn haimreiten alle drey.

Dieweil du hast des gstirn kunst,

So sag da mir auß trew und gunst

Wie es mir gehn sol, ubl oder wol,

Und wie lang ich auch leben sol,

Auch wie ich nemen werdt ein endt.

DER ZWERG *schawet auff an das gestirn unnd   spricht.*

Das firmament nichts guts erkent.

O küner heldt, du rewest mich,

Das gestirn, das zeiget auff dich,

Dir werdt die jungfraw zum weib geben,

Bey der werst du nur acht jar leben.

Nach dem wirst du im schlaff erstochen,

Das doch auch endtlich wirt gerochen

An den untrewen mördern dein.

DER HÖRNEN SEWFRIEDT *spricht.*

Nun, was gott wil, das selb muß sein.

Wolauff! nit lenger wöl wir beitten,

Gehn Wurmbs an den Rein zu reitten.

Sie gehen alle drey ab.

KÖNIG GIBICH *gehet ein mit seinem heroldt, setzt sich trawrig unnd spricht.*

Ach gott, erst bin ich ellendt gar,

Weil ich biß in das vierdte jar

Mein tochter Crimhildt hab verlorn,

Die von eim wurm hingfürt ist worn,

Die ich vielleicht sie nimmer mehr.

Das kümmert mein gmahel so sehr,

Das sie auch starb vor hertzen-leidt.

Also hab ichs verloren baidt.

DER ZWERG EWGELEIN *kumbt und spricht.*

Herr könig, nun seiet getröst!

Ewr tochter ist vom trachn erlöst

Durch Sewfrieden vor kurtzer stundt,

Die kummet ietzt frisch und gesundt.

KÖNIG GIBICH *spricht.*

Diß sindt die aller-liebsten mer,

Der ich nie hab gehört, bißher

Mein liebe tochter war geborn.

Lang mir her stiffel und die sporn,

Das ich meinr tochter entgegn reit.

DER ZWERG *spricht.*

Herr könig, ungemüet seit,

Sie sindt schon zu nechst vor dem schloß

Baide abgestanden von roß,

Sie kummen gleich baide zumal

Herauff in den küncklichen sal.

Sewfriedt füret Crimhilden ein.

DER KÖNIG *gehet in entgegen, umbfecht sein tochter und spricht.*

Biß mir wilkumb, o tochter mein.

Wie unaußsprechlich grosse pein

Hat seither mein hertz umb dich erlieden,

Das auch dein mutter ist verschieden.

DER KÖNIG *peut Sewfrieden die handt und spricht.*

Sewfriedt, du trewer helde mein,

Fürbaß solt du mein aiden sein,

Wie ich dir denn verhaissen hab,

Als du zu Wurmbs schiedest ab.

Sag, wie und wo du habst gefunden

Mein tochter, und auch uberwunden

Den trachen, du mein lieber aiden.

DER HÖRNEN SEWFRIEDT *spricht.*

Des wil ich euch ornlich beschaiden,

Das ir solt hören grosse wunder.

Itzt aber sindt wir müdt besunder,

Müssen auß-ruen. Nach wenig tagen

Wil ich von stück zu stück euch sagen,

Mit was gefehr ich hab gestritten;

Auch was ewr tochter hab erlitten

In den vier jaren bey dem trachen,

Wirt sie euch alles kundtbar machen.

KÖNIG GIBICH *spricht.*

Nun es ist gut, heindt habet rue

Morgen wöll wir rahtschlagen, wue

Und wenn wir hochzeit wöllen halten

Und wuniglicher frewden walten

Mit allem adel an dem Rein,

Mit frawen und jungfrewelein.

Nun kummet zum nachtmal herein.

Sie gehen alle ab.

Actus 6.

DER HÖRNEN SEWFRIEDT *geht ein mit Crimhilden, seiner gemahel, sitzen zamen, und sie spricht.*

Sewfriedt, hertzlieber gmahel mein,

Nun bist du mein, so bin ich dein,

Nun scheidt uns niemandt dann der todt.

Lob sey dem allmechtigen gott,

Der dir gab solche macht und krafft

Und das du wurdest sigenthafft

Am grosen risen Kuperon,

Den must zum vierdten mal beston,

Auch das du uberwundst den trachen,

Dardurch du mich thest ledig machen

Von meiner eilenden gefencknuß,

Grewlichen, hardtseligen zwencknuß.

Sag, von wann kam sterck und künheyt.

DER HÖRNEN SEWFRIED *spricht.*

Mein Crimhildt, wiß mein heimligkeyt,

Das ich hab wol zwölff mannes sterck

Angeborner art, darnach merck:

In meiner jugendt sich zu-trug,

Das ich auch ein trachen erschlug,

Den ich hernach verbrendt mit fewr.

Von diesem trachen ungehewr

Zerschmaltz das horn, floß wie ein bach,

Mit dem schmirt ich mein leib hernach,

Darvon mein haudt ist hart wie horn.

Derhalb ich also kün bin worn

Gegen riesen, helden und würmen

Mit kriegen, kempffen und mit stürmen,

Das meins gleichen nit lebt auff erdt.

CRIMHILDT, DIE KÜNGIN *spricht.*

Sagt man doch von eim helden werdt,

Der wohn zu Beren in Welschlandt,

Der selb herr Dietrich sey genandt,

Hab auch erschlagen viel der recken,

Den könig Fasolt und den Ecken,

Die Rüetz und auch rieß Sigenot.

DER HÖRNEN SEWFRIEDT *spricht.*

Ja, das ist war, doch wolt ich gott,

Das her-kemb Dieterich von Bern;

An dem wolt ich mein krafft bewern,

Hoff, er wer mein ehren ahn schaden.

CRIMHILDT, DIE KÜNGIN *spricht.*

Wilt du, so wil ich lassen laden

Hieher gehn Wurmbs an den Rein

Den Berner und den meyster sein,

Nemblich den alten Hiltebrandt,

Der listig ist mit mundt und handt;

Der gibt dem Berner weyß und lehr,

Das er mit kampff einleget ehr.

DER HÖRNEN SEWFRIEDT *spricht.*

Ja, ladt in her in rossengarten,

Da wil ich sein mit kampff erwarten.

Schreib im, so wirt er nicht außbleiben;

Künheit und hochmuht thut in treiben,

Das er sich offt in seinem leben

In groß gferligkeit hat ergeben.

CRIMHILDT *die künigin, spricht.*

Nun so wil ich schicken zu handt

Zu im den hertzog auß Brabandt,

Der wirt den handl außrichten wol.

DER HÖRNEN SEWFRIEDT *spricht.*

Mitler zeit man zu-rüsten sol

Den obernanten rosengarten;

Mit höffligkeyt nach allen arten

Sol man kleiden das hoffgesindt,

Das der Berner geschmücket findt

Alle ding nach königlicher art.

CRIMHILDT, DIE KÜNGIN *spricht.*

Nun kumb, so schick wir auff der fart

Mein vettern hertzog auß Brabandt

Hin gebn Beren in Welschelandt,

Zu bringen diesen künen heldt,

Den du zu kampff hast auserweldt.

Sie gehen baide ab.

KÖNIG GIBICH *geht ein, setzt sich nider und   spricht.*

Die tochter und der aiden mein

Haben geschrieben an den Rein

Herr Dietrich von Beren zu kummen;

Waiß nit, ob es in raich zu frummen.

Nun, ich muß es lassen geschehen

Und darzu durch die finger sehen.

Die sach sicht mich nit an für gut,

Weil nichts guts kumbt auß ubermut.

HERR DIETRICH VON BERN *gehet ein mit seinem wapenmeister, dem alten Hiltebrandt, unnd spricht.*

Hör zu, mein wapenmeister Hilbrandt:

Crimhildt, die künigin, hat gesandt

Von Brabandt den hertzogen her

In botschafft, und ist ir beger,

Das ich gehn Wurmbs kumb an Rein

Und sol alda kempffen allein

Mit Sewfrieden, der wöl mein warten,

Irm gmahel, in dem rosengarten.

Wie rädtstu? sol ich dahin reiten?

DER ALTE HILTEBRANDT *spricht.*

Ey, habt ir doch zu allen zeiten

Gefochten nur nach preiß und ehren,

Ewren rum und preiß zu mehren!

Warumb wolt irs letzt unterlassen?

Macht euch fürderlich auff die strassen,

Ich selber wil auch reiten mit.

DER BERNER *spricht.*

Rätst dues, so wil ichs lassen nit.

So laß uns baldt satlen zway pferdt,

Nimb schilt, helmb, härnisch und das schwert,

So wöllen wir noch heut auf sein,

Reiten gen Wurmbs an den Rein.

CRIMHILDT *gehet ein mit dem hörnen Sewfriedt, irm herren, unnd spricht.*

All ding verordent ist auffs best.

Kemen nur baldt die werden gest!

Wann ich der zeit kaum kan erwarten,

Wie ir baidt in dem rosengarten

So ritterlichen werdet kempffen.

Thust du mit kampff den Berner dempffen,

So wirt dein lob erhöhet werden

Uber all heldt auff gantzer erden.

DER HÖRNEN SEWFRIEDT *spricht.*

Ja, ich hoff sollichs auch zu enden,

Doch steht es als in gottes henden;

Derhalb der sieg steht auff der wal.

Ich wil gehn in den innern sal.

Der hörnen Sewfriedt gehet ab.

DER BERNER *kumbt, sicht ihm nach, kert sich zu Crimhilden unnd spricht.*

Fraw küngin, ir habt mir geschrieben,

Von Bern mich her gen Wurmbs trieben

Und mir ein kampff gebotten an

Mit köng Sewfriden, ewrem man,

Den ich ietzundt kumb zu volenden

Mit heldenreichen, künen henden.

CRIMHILDT *beudt im die handt unnd spricht.*

Ja, mein edler Dietrich von Bern,

Durch diesen kampff wil ich powern,

Ob ir oder mein gmahel werdt

Der künest heldt sey auff der erdt;

Dem selben von mir werden muß

Ein umbefang und süeser kuß

Und auch ein rosen-krentzelein.

DIETRICH VON BERN *spricht.*

Der kampff sol zugesaget sein;

Sagt in nur ewrem herren an.

CRIMHILDT *spricht.*

Ja, küner heldt, das wil ich than.

Die künigin geht ab.

DER BERNER *spricht zum Hiltebrandt.*

Itzundt thut mich bey meinen trewen

Des kampff-zusagen heimlich rewen,

Dieweil Sewfriedt gantz hörnen ist,

Das ich vorhin nit hab gewist.

Darumb wolt ich von hertzen gern,

Ich wehr wider daheim zu Bern.

DER ALTE HILTEBRANDT *spricht.*

Ey, wie ein schendtlich verzagt man,

Der Sewfrieden nit wolt bestan!

Wo man das saget in dem landt,

Des het ir groß laster und schandt.

Wolt gott, ich het euch nie gesehen!

DIETRICH VON BERN *spricht.*

Wie darffstu mich so schendtlich schmehen?

Weil du mir sprichst solch spodt und hon,

So gib ich dir auch deinen lon.

Der Berner zeucht von leder, schlecht Hiltebrandt nider und geht zornig ab.

DER HILTEBRANDT *stehet auff unnd spricht.*

Mein herren ich erzürnet hab,

Der ein so harten straich mir gab.

Ich habs nit ohn ursach gethan,

Den kampff er dardurch gwinnen kan.

Hiltebrandt gehet ab.

CRIMHILDT, DIE KÜNIGIN *kummet, setzt sich nider unnd spricht.*

Ich wil mich setzen in die rosen,

Dem kampff da zusehen und losen.

KÖNIG SEWFRIEDT *kummet gewapnet, gehet auff und nider und spricht.*

Wie lang muß ich im rosengarten

Auff den Dietrich von Beren warten?

Ich mein, er sey worden verzagt,

Der vor manchen kampff hat gewagt.

HERR DIETRICH VON BERN *kummet gewapnet unnd spricht.*

Ich wil dir kummen noch zu frw;

Darumb, Sewfriedt, rüst dich darzw.

Mich hat verachtet auch Hilbrandt,

Hat wol entpfunden meiner handt,

Das er vor mir gestrecket lag,

Das dir auch wol begegnen mag.

DER HÖRNEN SEWFRIEDT *spricht.*

Bist du so kün, drit zu mir her,

Laß schawen, wer dem andern scher.

Da kempffens mit einander, Sewfriedt dreibt den Berner umb, Hiltebrandt sicht heimlich zu,
spricht gemach.

Heroldt, geh bring das bottenbrodt,

Berner hab mich geschlagen todt.

DER HEROLDT *trit auff den blan unnd schreidt.*

Ir herren, last den kampff mit rw,

Biß ich ein wort verkünden thw:

Hilbrandt, der alte, der ist todt,

Seiner seel wöl genaden gott,

Den sein eigner herr hat erschlagen,

Den wil man ietz zu grabe tragen.

DIETERICH VON BEREN *spricht.*

Ist todt der wapenmeister mein,

Den ich erschlug von wegen dein,

Sol es dir auch nit baß ergan.

Wehr dich mein, erst bin ich ein man

Und ergrimmet in meinem zorn,

Du must sterben, werst lauter horn.

Dietrich, bist ein tugenthaffter man,

So wirst du heut geniessen lan

Meinen herren der freyheyt groß,

Weil er mir ligt in meiner schoß.

Verschon seins lebens im allein,

Er sol nun dein gefangner sein.

DIETRICH VON BERN *spricht zornig:*

O nein, das thu ich nit, bey gott,

Weil mein meyster Hilbrandt ist todt,

So laß ich in auch leben nit,

Darfür hilfft weder fleh noch bit.

DER ALTE HILTEBRANDT *kumbt, fert unter das schwerdt unnd spricht.*

Mein herr Dietrich, last ewren zorn,

Ich bin wider lebendig worn,

Hab mein todt dir kundt lassen than,

Darmit dein zoren zündet ahn,

Das von dir ging fewer und dampff,

Dardurch du oblegst in dem kampff.

DER BERNER *wendt sich unnd spricht.*

Nun sey gott lob zu dieser stundt,

Das du noch lebst frisch und gesundt!

Fried sey und iederman verzigen,

Weil ich thet ritterlich gesiegen

Und den preiß hie erfochten han.

Er beudt Sewfriden die handt, richt ihn auff, und Sewfriedt spricht.

Dietrich, du tugenthaffter man,

Hab danck, das du mir schenckst mein leben.

Dein krafft hab ich erfarn eben,

Hab nun erkennet auch dein trew,

Deinr freuntschafft ich mich hoch erfrew.

DIE KÜNGIN *beudt dem Berner die handt unnd spricht.*

Herr Dietrich, lieber herre mein,

Nembt hin das rosenkrentzelein,

Darzu mein umbefang und kuß.

Sie setzt im den krantz auff, umbfecht in, gibt im ein kuß.

HERR DIETRICH VON BERN *spricht.*

Erst mich mein kampff nit rewen muß;

In frawen-dienst so bin ich gern.

Nun wöl wir widerumb gehn Bern

Reiten. Gott geb euch seinen segen

Itzundt, forthin und alle wegen

Und laß euch gott mit frewden leben.

DER HÖRNEN SEWFRIEDT *spricht.*

Wir wöllen euch das gleidt nauß geben

Und uns weiter zwischen uns beden

Mit einander freundtlich bereden,

Was wir mit kampff unser tag erleden.

Sie gehen alle ab.

Actus 7.

Günther, Gernot und Hagen, drey brüder Crimhilden, gehen ein, und Günther spricht.

Hört zu, ir lieben brüder mein,

Wir sindt verachtet gar allein

Von unserm schwager, dem Sewfriedt,

Er achtet unser aller nit.

Unser Schwester hat in erwelt,

Mit schmeichlerey er sich auff-helt

Zu Gibich, unserm vatter alt,

Uns sün vertringet mit gewalt.

Als was er thut ist wolgethon,

Uns lest man wie die narren gohn,

Als ob wir wern nit königs sün.

GERNOT, DER ANDER PRUEDER *spricht.*

Ir brüder, sey wir nit so kün,

Das wir diesen Sewfriedt außtreiben,

Lassen also zu hoff in bleiben

Mit solchem gwaltigen anhang?

Es sey geleich kurtz oder lang,

Stirbt unser herr vatter in den mern,

So wirt er gewieß künig wern;

Wann er hat schon in seiner hendt

Wol halb das könglich regiment.

Raht, wie man dem fürkummen sol.

HAGEN, DER DRIT BRUDER *spricht.*

Er ist nit außzutreiben wol,

Dieweil er unser schwester hat;

Ob im helt könglich mayestadt.

Wie, wenn unsr einer an der stedt

In ein kampff in auff-forden thet,

Und das sich denn das glück zu-trüg,

Das einer in mit kampff erschlüg?

So kem wir sein mit ehren ab.

GÜNTER, DER ELTEST BRUDER *spricht.*

Darauff ich wol gesunnen hab.

Welcher aber wil mit im kempffen,

Der in wiß in dem kampff zu dempffen,

Dieweil sein haudt ist lauter horn

Unden und oben, hindn und vorn.

Allein zwischen dem schulter-blat

Zwayer span breidt bloß flaisch er hat,

Daselb ist er allein zu gwinnen.

GERNOT, DER ANDER BRUDER *spricht.*

Lang hab ich dem auch nach thun sinnen.

Ir brüder, es ist gwiß die sag,

Das Sewfriedt allmal umb mittag

Hienauß spacieret in den waldt,

Legt sich zu einem brunnen kaldt

Ins graß und wohlschmeckenden blumen,

Thut darinn ein wengschlaffn und schlummen.

Da möcht man in heimlich erstechen

Und denn zu hoff mit ehren sprechen,

Es hettens die mörder gethan.

HAGEN, DER DRIT BRUDER *spricht.*

Bruder, dein fürschlag nem wir an;

Wir wöllen fleissig auff in sehen

Und bey dem brunnen in außspehen,

Darbey wil ich in selb erstechen

Und uns drey brüder an im rechen.

GÜNTER, DER ELTEST BRUDER *spricht.*

Da wöllen wir zam schwern ein aidt,

Ich und darzu ir alle baid,

Gernot und du, bruder Hagen.

HAGEN *spricht.*

Nun, diese that die wil ich wagen,

Doch schweiget darzu alle stil,

Heudt ich die sach noch enden wil.

DER HÖRNEN SEWFRIEDT *kummet in königlichem gewandt, legt sich unnd spricht.*

Ich wil mich legen zu dem brunnen

Hie an den schatten vor der sunnen,

Unter die linden, an den rangen,

Den schmack der guten würtz empfangen.

Und liegen da in stiller rue.

Wie senfft gehn mir mein augen zue!

Die drey brüder kummen, die zwen deuten auff Sewfrieden. Hagen schleicht hinzu, sticht im den dolchen zwischen sein schultern, würfft den dolch hin, Sewfriet zabelt ein wenig, ligt darnach still.

HAGEN *spricht.*

Nun hat auch ein endt dein hochmuet,

Der uns fort nicht mehr irren thuet.

Nun wöllen wir zu hoff ansagen,

Wie Sewfriedt mördtlich sey erschlagen

Von den mördern bey dem brunnen;

Da hab ein jeger in gefunnen.

Sie gehen ab, decken in mit reissig zu.

CRIMHILDT, DIE KÜNGIN *geht ein mit dem heroldt und eim jeger und spricht.*

Man hat zu hoff gesaget an,

Wie das mein lieber herr und man

Todt lieg bey diesem brunnen kalt.

Ich hoff, es hab nicht die gestalt.

Sie decket die reiß von im ab, schlecht ir hendt ob dem haubt zamb und spricht.

Da ligt mein lieber herr, ist todt;

Das sey dir klaget, lieber gott!

Sie sincket auff in nider, halset unnd küsset ihn und spricht.

Ach du hertz-lieber gmahel mein,

Der du auß trew das leben dein

Für mich gewagt hast in den todt,

Das du mich lössest auß der noht!

Verflüchet sey der mörder hendt,

Die dich ermörten an dem endt

Die dich im schlaff haben erstochen.

Wil gott, es bleibt nit ungerochen.

Sie ersicht den dolch, hebt den auff, besicht ihn unnd spricht.

Der dolich noch da liegen thut,

Der ist geröt mit seinem blut;

Er ist Hagen, des bruders mein,

Der wirt meins gmahels mörder sein

Sambt sein brüdern, die im ahn maß

Haben tragen groß neidt und haß

Von wegen tugendt und redligkeit,

Der er sich fließ zu aller zeit,

Hielt auch die straß sauber und rein,

Straffet das unrecht groß und klein.

Diß mort wil ich vor meinem endt

Rechen mit meiner eigen hendt

An mein brüdern, solt ich drumb sterben,

So müssens auch am schwerdt verderben.

Nun tragt den todten leib hinab,

Das man in künglich begrab.

Nun wil ich fort ainig allein

Leidtragen und ein witfraw sein,

Dieweil ich hab das leben mein.

Sie tragen den todten ab, die küngin geht trawrig hienach.

DER ERNHOLT *kumbt unnd beschleust.*

So habt ir gsehen und gehort

Die histori mit dat und wort.

Zum bschluß so wil ich euch vermanen

Die art in gemelten personen:

Erstlich zeigt könig Sigmundt nun:

Eltern, so ein unghraten sun

Haben, den ist gar weh und bang,

Fürchten mit im bösen außgang.

Zumb andern deut Sewfriedt die jugent

On zucht guter sitten und tugendt,

Verwegen, frech und unverzagt,

Die sich in all gferligkeit wagt.

Zum dritten zeigt das zwerglein an

Einen diensthafft getrewen man.

Zum vierdten der rieß bedeuten ist

Ein man wanckel, untrewer list.

Zum fünften so zeigt an der trach:

Ein herrschafft, die in aller sach

Nur fert mit frevel und gewalt,

Die wirt mit gleichem werdt bezalt.

Zum sechsten deut Dietrich von Bern

Ain fürsten, der strebet nach ern,

Treibt kein schinterey umb reichtumb,

Helt sich gerecht, auffricht und frumb.

Zumb siebenden der alt Hilbrandt

Uns eins trewen hoffmans ermandt,

Der eim fürsten bey-wonet steht

Durch trewe that und weisse reht.

Zum achten Crimhildt, das schön weib,

Deut ein weib, das der fürwitz treib

Zu manchem hochmütigen stück.

Der kumbt viel unrats auff den rück.

Zum neunten deutn ir brüder das:

Ein dücksch gselschaft vol neidt und haß,

Die anrichtet viel ungemachs.

Vor der bhüt uns got, wünscht H. Sachs.